¡A DORMIR NIÑOS!

CUENTOS DE PAPÁS Y MAMÁS PARA SUS HIJOS A LA HORA DE DORMIR

Uinic Cervantes
Arturo Castro
Mariana Escobar
Colectivo Exhala
Raymundo Cervantes
Imelda Valencia

Título: ¡A Dormir Niños!
Subtítulo: Cuentos de papás y mamás para sus hijos a la hora de dormir

2019 ©, Uinic Cervantes.
Ilustración de portada: Daniel Serrano
Recopilación: Uinic Cervantes
Edición: Uinic Cervantes

1° edición

ÍNDICE

Gracias a las fuentes de inspiración para crear estos cuentos: nuestros hijos. Con amor para mis musas Yare, Nikki y Yami.

Dedicado a esas personas comprometidas con permitir el desarrollo natural de los niños confiando en su propia sabiduría y dejando que vivan y disfruten su infancia en amor y libertad.

PRESENTACIÓN

La vida acelerada de los adultos a veces hace que olvidemos dedicar tiempo a lo que verdaderamente importa. Y para mí, así como para los papás autores de ésta colección, el tiempo que se le dedica a nuestros hijos es de suma importancia.

La tecnología nos hace la vida más cómoda al ayudarnos a ejecutar varias tareas simultáneas. Ahora mismo podemos encontrar en internet cuentos en audio o video que "facilitan" nuestro trabajo de contar el cuento a nuestros hijos mientras nos cepillamos los dientes, ponemos pijama o terminamos de enviar los últimos mensajes o correos de nuestro trabajo... pero, ¿habrá algún sitio de internet que le dé al niño el abrazo, la caricia o la seguridad que puedes darle tú mientras te acuestas con él/ella a contarle un cuento, abrazarle y disfrutar ese tiempo juntos?

Sin hablar de la adicción y el daño físico que podría causar el interactuar con una pantalla de forma periódica antes de dormir; el afecto, caricias y apapacho que todos necesitamos en nuestra infancia para forjar nuestra confianza interior y autovaloración, los podemos cubrir a la hora del cuento antes de dormir.

Pensando en eso, creamos esta colección, la cual tiene 2 propósitos: el primero es contagiar a los padres, madres, abuelos, abuelas, tutores, hermanos, hermanas, tíos, tías, primos, primas o cualquier persona a cargo de una pequeña personita, del enorme placer que se siente cuando se escucha un cuento.

El segundo, es inspirar al lector a que invente sus propios cuentos dedicados a sus personitas amadas y, por qué no, que los comparta con familias a su alrededor para seguir contagiando e inspirando a volver a esta hermosa práctica que nunca pasará de moda.

Ninguno de los autores de esta colección es escritor profesional, pero TODOS somos padres o madres tan llenos de amor por nuestros hijos que hemos dejado atrás miedos e inseguridades para crear estos regalos que ahora decidimos compartirlos con el mundo entero.

Sin más, lávate los dientes, ponte el pijama, metete en la cama, abraza a tus personitas favoritas y que comience la hora del cuento...

¡Que los disfruten!

TU LUZ INTERIOR

- Arturo Castro -

En una ocasión se encontraban un par de amigos de campamento en los campos de la vieja hacienda de Santa Martha, un lugar espectacular con hermosos jardines y grandes árboles, al fondo un riachuelo con el agua tan clara que se podía beber de ella, y alrededor infinidad de flores de todos los colores.

Juntos el par de niños eran felices por estar en ese lugar tan maravilloso y como buenos niños curiosos comenzaron a explorar la hacienda, Don Juan el cuidador de la hacienda tenía su casa ahí mismo, una casita humilde, con una banca en la entrada, donde pasaba las horas cuidando de la hacienda.

Los amigos se acercaron y le preguntaron

- Don Juan, ¿cuánto tiempo lleva viviendo aquí?

- Uuuuuu más de 50 años niños, respondió Don Juan.

- ¿Y tiene historias que contar de la hacienda?

- Muchísimas niños, ¿quieren que les cuente una?, preguntó Don Juan

- Sí claro, dijeron el par de amigos.

- En una ocasión vinieron de paseo una familia con 3 hijos, el más pequeño tenía 7 años y era un niño muy especial, hablaba con la naturaleza; él mantenía comunicación con los árboles, los animales, las flores, el riachuelo.

Al acercarme a él le pregunté cómo podía hablar con la naturaleza y él me contestó que era algo sumamente fácil, su abuelo le había confiado un secreto, el cual se había mantenido por generaciones en su familia, el secreto de la Luz Interior.

"¿La luz interior?", le pregunté. *"Sí, es una luz que nos ha sido otorgada al nacer y que todo ser vivo posee en su interior, es tan mágica y poderosa que te permite comunicarte con todo lo existente a tu alrededor y así escuchar a las plantas, animales, insectos todo ser vivo".*

"¡Enséñame!", le dije al niño, *"¡quiero conocer cómo hacerlo!"*
"Es tan sencillo como respirar, incluso empieza con su respiración, Don Juan", me dijo él;

"Paso 1. Comience a respirar muy profundo, como si llevara el aire hasta la base de su estómago, lento y suave, por varias respiraciones, posteriormente, cuando su cuerpo se haya adaptado a esta respiración, cierre sus ojos y concéntrese en la respiración, como entra y sale muy pausadamente y pronto comenzará a escuchar..."

- Después de un tiempo de respirar y concentrarme en la respiración, aparecieron la voces de los árboles los cuales me saludaron y me mencionaron que estaban agradecidos porque los abonaba, podaba y regaba, después escuché a un par de insectos darme las gracias por no pisarlos y terminar con sus vidas el día anterior, justo cuando iba a realizar recorrido por la hacienda y por último unas flores me regalaron su lindo aroma mencionando que esa era su función: alegrarme el día con sus colores y aromas, fue algo sorprendente que nunca había experimentado, me sentí conectado con ellos, con la luz que estaba en su interior y se unía a la mía -mencionó Don Juan.

- A partir de ese momento prometí cuidar la hacienda de Santa Martha y de cada ser vivo que habita en ella, por tal motivo esta tan bonita porque todos los que vivimos aquí somos una familia.

Los amigos estaban tan emocionados que quisieron en ese mismo instante experimentar lo mismo que Don Juan y comunicarse con los demás seres que habitaban en la hacienda, cerraron sus ojos, comenzaron a respirar muy profundo y lo que descubrieron fue algo sumamente increíble y que perduró por siempre en sus vidas... encontraron su luz interior en todo.

LA HORMIGA QUE NO CONFIABA EN SU FUERZA

- Arturo Castro -

Una tarde, en un gran hormiguero, se encontraban un centenar de hormigas apilando las reservas de comida para el invierno. Una de ellas de nombre Nazz se encontraba sumamente cansada y triste sentía que no podía más con esa gran labor de recolectar para el invierno.

Nazz renegaba de su condición de hormiga y siempre decía - *"¡¿Por qué soy una hormiga tan débil, chiquita y roja?, no me gusta, quiero ser como león fuerte, o como el gorila grande, o como el faisán lleno de colores magníficos!"*

Siempre se la pasaba muy molesto por su condición de hormiga y nunca confiaba en lo que él podía hacer.

Un día se levantó cansado de ser una hormiga, fue hacia el campo de paja tomó bastante y llenó con ellas todo su cuerpo, queriendo parecer un león y salió a la selva gruñendo como una fiera, claro que nadie podía escucharlo, y al llegar a la manada de leones y ser uno de ellos se dio cuenta que eran demasiado grandes y veloces para seguirles el paso.

Decepcionado se levantó al siguiente día, fue al pantano, se llenó de lodo negro y fue en busca de los gorilas. Quiso trepar los árboles y descubrió que no podía colgarse como ellos lo hacían, ya que sus brazos eran muy cortos y caía con facilidad.

Nuevamente triste por estas experiencias, el último día fue al campo de flores y se llenó de colores con ellas, los demás miembros de su colonia de hormigas se burlaron completamente de él, era obvio que se diferenciaba de todos con esa magnitud de colores. Nazz se sintió herido y desilusionado aún más de ser una hormiga.

La hormiga reina escuchó todo el alboroto y fue a platicar con Nazz y le dijo *"¡Hijo mío, no llores, has tratado de convertirte en algo que no eres y sufres con aceptar lo que realmente está en ti, eres parte de una unidad mayor que es el mundo y cada uno de nosotros somos una parte importante en él. Todos brindamos un beneficio a este mundo y los demás nos dan, al igual, un beneficio. Los leones nos mantienen a salvo de ciertas manadas que vienen a pastar y terminan con nuestra maleza, la cual nos sirve de alimento. Los gorilas, al pasar por los árboles, tiran los frutos que recolectamos y los faisanes, intercambian las semillas que germinan y restauran nuestros campos. Así, cada uno de nosotros, tenemos una misión en esta vida!"*

Nazz preguntó a la reina -*¿Y cuál es mi misión?*

La reina respondió: -¡Hacer lo que te dicta tu corazón, escúchalo!

Nazz se quedó un par de segundos en silencio y descubrió que lo único que él había hecho al querer ser otra especie fue alejarse de su colonia de hormigas, así que su misión era convivir, trabajar y vivir en unión con los demás, respetando sus diferencias y valorando sus cualidades, porque:

Todo tiene un propósito en este mundo.

MI LUGAR ESPECIAL

- Arturo Castro -

Artur era un niño sumamente curioso y juguetón, pertenecía a una familia de artistas y músicos que continuamente viajaban para realizar presentaciones de su arte en diferentes ciudades.

Un día se encontraba haciendo su tarea escolar, eran problemas de matemáticas y él creía que eran sumamente difíciles. Toda su atención estaba puesta en resolver cada uno de esos problemas, pero, de repente, una mosca comenzó a volar a su alrededor *"zzzzzzzzzz... zzzzzzzzzzz.... zzzzzzzzzz"*, sin parar y distrayendo por completo a Artur de sus labores.

"Zzzzzzzzzz... zzzzzzzzzzz... zzzzzzzzzzzzzzz" continuaba la mosca alrededor suyo hasta el punto de ponerlo sumamente enojado y, en un destello, ¡zass! salieron los cuadernos volando de la mesa. Se había enojado muchísimo que explotó totalmente.

El abuelo, que se encontraba en la habitación de al lado, se había percatado de toda la situación con la mosca y se acercó a Artur y le dijo:

- ¡En la vida hay muchas moscas que nos rodean, molestan y distraen de nuestros propósitos, pueden venir representadas por personas, situaciones o experiencias, si permites que te controlen, no podrás avanzar y terminar lo que te propongas!

- ¡SÍ abuelo, pero por qué a mí me molesta esta mosca en este preciso momento que tengo un montón de problemas que resolver! -Exclamó Artur

El abuelo respondió: -Mira, cuando era chico como tú, mi Padre me mostró un lugar especial, donde todo es serenidad y calma. Estando ahí todo es maravilloso, tranquilo, estable; eso te permite continuar, ¿te gustaría conocerlo?

- Por su puesto Abuelo, -asentó Artur- enséñame.

- Imagina que tu estómago es un globo, comiénzalo a inflar completamente con tu respiración. Inhala muy profundo, trata de mantener el aire dentro de ti un par de segundos y al exhalar suelta el aire muy despacio.

Esto comenzará a abrir un camino muy importante en tu mente, el cual te llevará a Un Lugar Especial dentro de Ti. Ese lugar es algo maravilloso, puede ser un bosque, una playa, un parque de diversión o tu rincón favorito dentro de ti, el cual al estar ahí, todo pasa, todo es, sin cuestionamientos de si es bueno o malo, positivo o negativo, molesto o agradable, solamente es y al estar ahí nada te perturba, nada te controla. Inténtalo, inténtalo ahora que regrese nuevamente la mosca, Artur.

Artur regreso nuevamente a la mesa recogiendo los cuadernos que su enojo había tirado y no muy convencido de lo que el abuelo le platicó, volvió a iniciar con su tarea de matemáticas, al poco tiempo y como si fuera hecho adrede se escuchó el zumbido de la mosca: *"zzzzzzzzz... zzzzzzzzz.... zzzzzzzzz"*

Artur comenzó a sentir un calor en su estómago y sus manos empezaron a ponerse tensas. En ese preciso momento recordó lo que su abuelo le platicó de ese lugar especial dentro de cada uno de nosotros, así que comenzó a respirar profundamente imaginando que su estómago era un globo rojo gigante y comenzó a inflarlo con su respiración profunda y larga........ Respiraciones profundas y largas........ al estar haciéndolo ese calor que iniciaba en su estómago comenzó a desaparecer, creando un efecto totalmente placentero para Artur; al poco tiempo de hacer las respiraciones ya se encontraba en un bosque rodeado de grandes prados verdes y flores de muchos colores, a un costado un riachuelo de agua tan cristalina que se podían ver los peces nadando en él, al fondo un par de montañas enormes, majestuosas y a un costado árboles tan grandes y llenos de follaje que llenaban su corazón de calma y tranquilidad.

El tiempo pasó rapidísimo en ese lugar maravilloso, Artur estaba fascinado y totalmente relajado, cuando en ese momento, ¡*splas*!, un fuerte golpe se escuchó sobre la mesa donde Artur estaba haciendo su tarea.

- ¡Artur*!*, ¿ya terminaste tu tarea? Mira, estaba una mosca en tu nariz y tú sin darte cuenta. ¡Termina por favor! -comentó su Mamá.

Artur se quedó boquiabierto corrió hacia el abuelo y le mencionó

- ¡Abuelo, abuelo es verdad, hay lugares especiales dentro de nosotros!

ARTURO CASTRO

Psicólogo infantil y familiar, fundador de TERAKIDS centro de atención psicológica y desarrollo infantil, Padre de 2 hermosos hijos Zoe y Arturito a los cuales dedicó estos cuentos y a mi luz en el camino mi esposa Nelly. Aventurero, curioso, ocurrente, didáctico, soñador, siempre en busca de satisfacer a su niño interior.

Sinopsis:

Estos cuentos son un reflejo de mí andar por esta hermosa vida y la búsqueda de encontrar a Dios en mi interior, ese Dios o Naturaleza de Spinoza:

Dios hubiera dicho:

"¡Deja ya de estar rezando y dándote golpes en el pecho! Lo que quiero que hagas es que salgas al mundo a disfrutar de tu vida.

Quiero que goces, que cantes, que te diviertas y que disfrutes de todo lo que he hecho para ti."

TERAKIDS

www.terakids.mex.tl

Facebook: *terakids psicologiainfantil*

LALO LA LOMBRIZ

- Uinic Cervantes -

Había una vez,
una lombriz,
que como tu ves,
era muy feliz.

Vivía en una manzana,
un poco podrida,
pero no le importaba,
pues no era malagradecida.

Muy contenta estaba,
dentro de su manzana,
pero lo que no esperaba,
sucedió una mañana.

Lalo dormía,
muy a gusto en pijama,
cuando una mordida,
sintió de pronto en su cama.

"¡Corran, corran!",
Lalo pensaba.
"¡No quiero que me coman!",
en su cabeza gritaba.

Lalo la lombriz,
vivía muy feliz,
en su manzana podrida,
porque era muy agradecida.

De muy joven aprendió
a amar lo que le toca,
y aunque no lo comprendió,
amó lo que hizo esa boca.

El día de la mordida
que nunca esperó,
no huyó despavorida:
se sentó y oró.

Pidió que el universo
protegiera su morada,
y que esos dientes perversos
se marcharan de volada.

El universo respondió
y la boca se marchó
pues un mal sabor encontró
¡su deseo se cumplió!

Lalo la lombriz
vive muy agradecida,
pues sigue siendo feliz
en su manzana podrida.

LITO EL PAJARITO

- Imelda Valencia -

Hace un tiempo, en algún hermoso lugar del planeta, nació un pajarito: el primer hijo de una pareja de pajaritos que se amaban mucho y esperaban gustosos a sus hijitos.

Por alguna extraña razón, ningún huevo eclosionaba terminada su incubación, hasta que un día, después de varias incubaciones de todos los huevos, solo uno eclosionó y fue la total alegría de sus padres. Era un pajarito tan lindo, tan pequeño, su piel tan delicada aún sin plumas; realmente se veía un poco raro pero para sus padres era el pajarito bebé más hermoso que habían visto en toda su vida.

Se entregaron completamente a su cuidado, y conforme pasaba cada día, ese pajarito se iba poniendo más y más bonito, sus plumas tan radiantes, sus alas fuertes, grandes. ¡Era el orgullo de sus padres! Era tanto su amor que no se dieron cuenta de que ese pajarito estaba dependiendo más de lo debido de sus padres. Ellos, por estar tan absortos en el cuidado de su bebé, tampoco se dieron cuenta de que estaban atendiendo de forma exagerada sus necesidades, no se percataron de que ese lindo pajarito estaba creciendo y necesitaba empezar a hacer cosas y aprender cosas por sí mismo.

Un día que sus padres salieron a buscar comida, Lito tuvo la curiosidad de salir del nido para observar una ardillita que se asomaba por el árbol y que le estaba llamando mucho la atención, ya que al pasar tanto tiempo en casa, no se había dado la oportunidad de conocer a los otros animalitos del lugar.

Como Lito no había aún aprendido a volar por estar tan consentido, al ir caminando por una ramita, resbaló y cayó. No fue una caída muy alta pero como era su primera caída y su primer dolor, fue algo muy fuerte para él y se puso a llorar y llorar. En ese momento llegaron sus padres y Lito les reclamó porque se habían ido y lo habían dejado solo, porque no le habían enseñado a volar, porque no estaba uno de ellos para llevarlo a ver a la ardillita. Y así, una serie de reclamos a los cuales sus papás escuchaban y le pedían perdón.

Días después, Lito otra vez se quedó solo y no supo encontrar comida por su cuenta. Pasó mucha hambre hasta que llegaron sus padres y nuevamente les reclamó por haberlo dejado pasar hambre tanto tiempo.

Un día los papás cansados ya de los reclamos, entendieron que no estaba bien que su hijo actuara de esa manera después de todo lo que ellos hacían por él, así que mamá y papá hablaron y acordaron ser firmes con Lito. Comenzarían a enseñarle todo lo que necesitaba saber para valerse por sí mismo sin necesitarlos, pero no fue sencillo porque Lito ya estaba acostumbrado a que hicieran todo por él y para él y en lugar de aprender se enojaba más y más con sus padres. -*Ellos ya no me quieren*-, pensaba. Sin darse cuenta todo lo que en realidad habían hecho y hacían por él. En su enojo, no se daba cuenta de todo el amor que tenía a su alrededor

En una ocasión, Lito le pidió comida a su mamá y ella no se la dio, sino que le mostró cómo encontrarla. Se molestó tanto que dijo, -*aquí no me quieren, me voy de la casa, estaré mejor solo que con ustedes*- Los papás estaban agobiados y tristes, por más empeño que pusieron en decirle y demostrarle que lo amaban, Lito no quiso entender, así que los papás no pudieron hacer más y solo vieron cómo se marchaba sin impedirlo, sabían que Lito necesitaba darse cuenta de que lo amaban tanto que lo dejaban ir para que él aprendiera a hacer las cosas por sí solo.

Así fue como Lito comenzó su pequeña travesía por ese hermoso valle, estaba tan molesto que ni siquiera podía volar, caminaba pero tropezaba a cada rato y además iba con muchísima hambre. Buscaba lombrices, que por cierto, era su comida favorita, y por estar tan consentido, era lo único que le gustaba comer, pero parecía que todas se habían ido de aquel lugar porque no encontraba ninguna. Así que tuvo que comer semillas por primera vez; le resultaron de un sabor muy desagradable, pero era tanta su hambre que no le quedó otra opción que comerlas.

Una vez terminada su comida decidió continuar explorando aquel lugar para poder encontrar el sitio apropiado para construir su nido. Ya tranquilo y satisfecho su estómago, empezó a cambiar su actitud y ver lo maravilloso de ese valle, pero justo en el momento que estaba comenzando a sentirse contento, empezó a llover. Como no tuvo dónde resguardarse, se le mojaron las alas, lo cual era una sensación nueva y no supo cómo volar así, desesperado, tuvo que correr hasta que encontró una pequeña cuevita y ahí se detuvo unos momentos hasta que cesara la lluvia y nuevamente se puso de malas por ese inconveniente.

Lito estaba agotado porque había hecho mucho más esfuerzo del que estaba acostumbrado y se quedó dormido hasta el día siguiente que nuevamente se despertó con mucha hambre y con ganas de estar en su nido calientito al lado de sus padres. Pero, como seguía creyendo que no lo querían, decidió continuar su travesía; emprendió el vuelo hasta que llegó a un lugar que era completamente extraño para él, no era nada parecido a lo que conocía, árboles, arbustos, ríos; esto era muy diferente.

Llegó a un lugar extraño con una estructura tan rara que la curiosidad lo hizo descender para conocer más de cerca de qué se trataba. En eso estaba cuando lo sorprendió un animal que tampoco había visto nunca en su vida. Comenzó a perseguirlo con cara de pocos amigos, hasta que logró escapar casi de milagro.... y ¡qué suerte!, pues aún no estaba listo para un encuentro así. Voló tan rápido como nunca en su vida, estaba tan asustado que no tuvo tiempo de pensar, solo se dejó llevar y cuando cobró conciencia, había llegado al nido de sus padres.

De lejos los vio muy tristes pero en cuanto lo vieron, se alegraron inmensamente. Lito los abrazó con tanto amor que fusionó su corazón con el de ellos, y fue en ese momento cuando se dio cuenta de todo lo que sus padres hacían por él; todo el cuidado y amor que había tenido siempre y se prometió a sí mismo ser el mejor de los hijos, ayudar a sus padres en todas las tareas y responsabilidades que le correspondan, tratarlos con respeto, valorarlos y trabajar en conjunto. Dejó de creer que él lo sabía todo, pidió que sus padres le mostraran todo lo que ellos conocían, todas las cosas buenas y también las peligrosas que hay en el mundo. A partir de ese momento, cada que hablaban, los escuchaba con total atención. También aprendió a ver todo lo bueno y positivo en todo lo que existía.

Así fue como Lito aprendió, con esas duras lecciones, todo lo valioso que tenía en su vida y se prometió que cuando tuviera hijos les enseñaría todo lo que él sabía para que fueran valientes por sí mismos.

Imelda Valencia

 Siempre dicen que los hijos vienen a enseñarnos muchas cosas pero uno no lo sabe hasta que lo vive. Mis hijas, mis dos grandes maestras de vida, son los seres por los cuales me lleno de motivación para seguir creciendo internamente y que me han enseñado lo que es el Amor. A ellas les dedico este cuento de Lito el pajarito, donde comparto de una forma, tal vez un poco "exagerada", en lo que caemos a veces algunos papas de querer hacer cosas por nuestros pequeños, a veces insignificantes, pero que perfectamente pueden hacer ellos, y en el afán de ayudarles o hacerlo más rápido, les cortamos la experiencia de vivir el proceso y aprender a su paso. A todos los papás para que puedan dejarlos en la libertad de ser y aprender.

NICOLASA, LA CONEJA CON PATAS DE RESORTE

- Raymundo Cervantes -

Hay Personas que pueden hablar con los animales, y mi abuelo, claro que puede hablar con ellos.

Por eso, cuando se sienta en el sillón que tiene en el patio de la casa yo corro, y de un salto, me subo a sus piernas y le digo:

- Anda abuelo, platícame qué te cuentan los animales.

Él sonríe y cierra los ojos un momento, como buscando en su "mundito", un día me dijo:

- Te voy a platicar lo que me contó ayer un colibrí.

- Sí, cuéntame.

- El colibrí me dijo que cuando el hombre aún no existía, todos los animales hablaban un mismo idioma, no se parecían mucho a los animales que ahora conocemos, pero había una familia de conejos igualitos a los de hoy y eran muy felices, correteaban por el campo, jugando y comiendo hierbas, hasta que nació Nicolasa.

Nicolasa era una conejita muy bonita, tenía las orejas rosadas, unos ojos como de estrellas y su colita parecía una motita de algodón, su color era blanco como la nieve y cuando reía parecía que miles de cascabeles sonaban juntos.

Pero Nicolasa, no podía caminar, no al menos como todos sus hermanos y hermanas, ella había nacido con patas de resorte, y cuando se ponía de pie se tambaleaba y caía al piso y todos se reían de ella. Al principio, Nicolasa también se reía, pero al paso del tiempo, las burlas la hacían llorar y desear no haber nacido; por eso mejor jugaba sola.

Se desplazaba por el campo dando saltitos, ahora más cortos, a veces más largos. En una ocasión saltó tan alto que se pegó con la rama de un árbol, y allá fue a dar al suelo. Un águila que la vio, bajó y le dijo:

- ¿Por qué lloras conejita?

- No soy conejita - respondió, soy Nicolasa

- Bueno pues yo veo una linda conejita, y vaya que tengo muy buena vista.

- Entonces, si tienes tan buena vista, ¿no ves mis patas de resorte?, las conejas no tienen patas de resorte.

- Bueno pues yo veo una linda conejita con patas de resorte - dijo el águila

Y las dos rieron mucho, y desde entonces fueron muy buenas amigas. Recorrían el campo juntas durante el día y a la puesta de sol cada una se retiraba a su casa.

En una ocasión, Nicolasa le preguntó a su amiga águila:

- ¿Qué ves desde lo alto?
- Desde aquí veo tu casa y también veo la mía, si subo más alto veo el valle que está más allá de la montaña, y si subo más, más, mucho más, veo el mar, pero no puedo ver más allá por muy alto que suba.
- Tú debes ser la reina de los animales - decía Nicolasa - porque entre todas eres la que más alto vuela y más puede ver, pero si yo salto muy alto te voy a alcanzar; y pegó un enorme salto, pero solo llegó a la punta del árbol más pequeño del monte. Las dos disfrutaban y reían de aquel juego.

Con el tiempo, Nicolasa se hizo tan diestra en saltar que ya rebasaba las copas de los árboles más altos, pero no podía alcanzar a su amiga que se reía de sus esfuerzos y la animaba:

- Anda, más alto, alcánzame.

Y Nicolasa brincaba y brincaba pero no la alcanzaba, pues su amiga volaba cada vez más alto.

Una vez, Nicolasa, que además era muy traviesa como todas las niñas, vio a su amiga que, descuidada, planeaba por los aires.

22

Nicolasa se subió a una piedra y saltó tan alto que le arrancó una pluma de la cola a su amiga águila; ésta gritó más por el susto que por el dolor y le dijo:

- Ya te vi Nicolasa, te alcanzaré y te quitaré tu cola de motita de algodón.

Y Nicolasa, salió saltando y burlándose de su amiga, que iba tras ella jugando a te alcanzo y no te alcanzo. Tan entretenidas y divertidas estaban en su juego que no se dieron cuenta que se acercaban a un precipicio y Nicolasa cayó en él y, asustada gritaba:

- ¡Amiga, auxilio! ¡Amiga!

El águila volteaba y no lo veía, buscaba entre los árboles y nada y Nicolasa caía y caía, cada vez más rápido hasta casi llegar al suelo, su amiga águila desesperada escuchaba su grito cada vez más lejano, pero Nicolasa no se veía por ningún lado.

Nicolasa, al verse perdida, se imaginaba como se estrellaría en las enormes rocas que había en el fondo y su cuerpo se rompería todo. Como si fuera un gato, giró rápidamente para caer de pie con sus patas de resorte y se estampó contra una enorme roca, y sus patas la impulsaron hacia arriba sin sentir ni siquiera un mínimo de dolor, y subía y subía y era tal la fuerza de su vuelo que pasó a toda velocidad rozando a su amiga águila y despeinándola toda.

Subió y subió mucho más que nunca lo había hecho, ahora alcanzaba las nubes y veía su casa y la de su amiga. Siguió subiendo hasta ver el valle más allá de las montañas, en una nube dio otro salto y siguió subiendo y veía el mar, y sube y sube más allá del mar y al voltear para arriba - no fuera que hubiera una rama de un árbol gigante y se volviera a pegar - vio la luna muy cerca y, de un impulso más, se aferró a ella posándose en el suelo.

Y desde entonces, en las noches despejadas, podemos ver a Nicolasa cómo corretea en la luna, mejor dicho, salta y salta en la luna. Desde allí ve lo que hay más lejos del mar y a su amiga águila que sigue volando entre las nubes, y a su familia que, desde los verdes campos, la saludan y se sienten orgullosos de ella.

Mi abuelo mete la mano en la bolsa mágica de su saco y me da una paleta de dulce y un beso.

- A dormir mi niña - dice - que mañana te contaré la historia del gato con alas de mariposa.

Yo le devuelvo el beso, doy una última mirada a Nicolasa y me voy a dormir. Sé que mañana me espera una historia nueva.

RAYMUNDO CERVANTES

A la edad de ocho años recibió su primer violín en su natal San Luis Potosí y nunca más se ha separado de él. Escritor por convicción, ha participado en varias publicaciones, la más reciente en la edición de aniversario de *ABIGARRADOS, donde la palabra no se quiebra* y en la *Antología de Escritores Latinoamericanos* de esta misma Editorial. Orgulloso abuelo de tres nietas.

EL ÁGUILA CINDY

- Uinic Cervantes -

Estaba la señora águila en su nido, calentando 3 grandes huevos; bueno, uno más chico que los otros... pero ahí estaba ella, muy contenta, dándole amor a sus bebés, como todas las mamás, justo antes de nacer.

Ésta águila era muy grande y tenía unas enormes alas con las que surcaba los altos vientos de las montañas. Pero ahora, había guardado sus alas y abandonado los cielos mientras esperaba la llegada de sus polluelos.

Llegado el día, se abrieron los dos huevos más grandes con gran ímpetu que lanzaron los trozos de su cascarón por afuera de su nido. Salieron los aguiluchos mayores, casi gemelos, brincando y picoteando todo lo que encontraban. Muy aguzados se veían los condenados que casi salían a volar de inmediato. Agitando fuertemente sus alas lograban levitar unos centímetros... más tardaban en caer que en emprender nuevamente su intento de vuelo.

Así pasaron un par de días, alentados por la mamá que, si bien sentía entusiasmo por sus grandes y fuertes hijos, mostraba pesadumbre por su tercer hijo sin eclosionar.

En eso estaba cuando, pegando gritos de emoción, mamá águila sintió unos pequeños golpecitos bajo su cuerpo. Todos fueron a ver lo que pasaba y fijaron su mirada en el pequeño huevecillo.

Poco a poco, con suaves golpecitos, el cascarón se comenzó a abrir para dejar ver la tierna carita de una pequeña y aparentemente frágil aguilita. Su mamá la nombró Cindy.

El águila Cindy, o más bien, el aguilita Cindy, era un tanto débil y más o menos torpe al andar. Era tan pequeña que sus alas no alcanzaban a agarrar el impulso siquiera para despegar sus patas del piso.

Mientras sus hermanos ya lograban mantenerse en el aire más tiempo y estaban ansiosos por salir a buscar su propia comida, Cindy aleteaba, aleteaba, aleteaba queriendo volar como sus hermanos pero seguía sin elevarse ni un centímetro.

Los hermanos pronto dejaron el nido y comenzaron su aventura independiente por los cielos mientras Cindy seguía muy temerosa de dejar el nido hasta que...

Una mañana salió la mamá muy temprano a buscar alimento y volvió al atardecer. La pequeña Cindy estaba hambrienta cuando ella volvió y muy ansiosa de recibir los manjares que había traído su madre pero, para su sorpresa, mamá no traía nada.

- ¿Tienes hambre mi pequeña? - Preguntó dulcemente mamá águila

- Sí mami, mucha - Respondió Cindy mientras se saboreaba unos deliciosos y viscosos bichos para cenar.

- Y ¿qué esperas? Ve por tu comida - mientras decía eso, le dio tremendo empujón que salió del nido dando vuelcos por el aire.

Cindy muy asustada comenzó a gritar desesperada

- ¡Ah! mamá, ayúdame mamá, no sé volar...

- Solo extiende tus alas... y vuela - dijo mamá tranquilamente sin voltear a verla.

Cindy abrió sus pequeñas alas y el viento azotó con tal fuerza que la elevó varios metros por encima de su nido dando algunas volteretas mientras mantenía sus ojos cerrados del susto.

Venía cayendo nuevamente cuando su madre, con una tierna sonrisa en su rostro y una voz relajada le dijo - abre tus alas pequeña... y también tus ojos.

Con mucho miedo, pero confiando en su madre, Cindy abrió sus grandes ojos, extendió sus alas y se elevó suavemente muy por encima del árbol donde estaba su nido. Con gran emoción, volteó a ver a su madre, que soltó una lágrima de felicidad por el logro de su hija y con señas le indicó que agitara sus alas... Cindy lo hizo y se elevó aún más... en unas pocas horas descubrió cómo planear, girar y caer en picada... entre otros trucos que veía a sus hermanos hacer todos los días.

Pasaron algunas semanas y Cindy había mejorado mucho sus habilidades aeronáuticas... tanto así que se había vuelto más veloz que sus hermanos... también era la que más alto volaba y más ágilmente cazaba.

Algunas veces, sólo por molestarlos, les arrebataba la comida que estaban a punto de cazar y eso los enfadaba tanto que la perseguían por todos lados hasta que se cansaban de jugar a perseguir sin alcanzar y volvían junto a su madre.

De cuando en cuando Cindy paseaba por el campo y las montañas haciendo amigos y mostrando sus habilidades de vuelo para inspirar a otros a volar tan alto como ella... ya fuera con alas, patas largas o con resortes, Cindy se entusiasmaba de ver que otros casi la alcanzaban.

Uno de esos días, mientras volaba en la soledad de las montañas, una sombra la cubrió por completo desde lo alto. Primero pensó que era una nube, pero al poner atención en la imagen proyectada en la tierra, se dio cuenta que la silueta tenía unas inmensas alas. Pronto se llenó de miedo y quiso voltear hacia arriba pero al girar la cabeza no había nada que ver.

Volvió la vista nuevamente al frente y sintió una emoción que nunca había experimentado. Entonces, algo pasó a gran velocidad muy cerca de ella que hizo que perdiera el equilibrio, pasó otra vez y una vez más hasta que Cindy decidió alejarse para ver todo con más claridad.

Ahí en la distancia, logró ver con más detalle la sombra: era un águila de majestuosa envergadura y elegante vuelo que nunca antes había visto. Esta águila misteriosa volaba tan alto, tan alto, tan alto, casi como las estrellas, que se perdió en el horizonte entre los rayos del sol, las nubes y las montañas.

Al volver a casa y contar a su madre lo que había pasado, ella le dijo que esa águila misteriosa era el Rey de las Águilas y que pocas aves en el mundo lo han visto. Cindy se emocionó tanto por lo que sucedió que se propuso volar tan alto como el rey.

Muy temprano en la mañana, Cindy salió del nido y comenzó a practicar sus vuelos con el objetivo en mente: volar tan alto, tan alto, tan alto; casi como las estrellas.

Después de un rato de calentamiento, al fin se atrevió a volar tan alto como las estrellas... pero justo cuando iba pasando la copa del árbol más alto, comenzó a marearse y a agitarse y todo le daba vueltas. Perdió el balance y empezó a caer desfallecida. Poco antes de pegar contra el suelo, el Rey Águila la rescató y la llevó a un lugar seguro.

Cuando Cindy despertó, el Rey Águila estaba a su lado y le preguntó:

- ¿Cómo te llamas?

- Yo... yo... yo.... - Cindy tartamudeaba de lo nerviosa que estaba.

- ¿Te llamas YoYo? - El Rey preguntó algo confundido

- Me llamo Ci... Ci... Ci...

- ¿Te llamas CiCi?

- No... no... no...

- ¿Te llamas Nono?

- ...

Al darse cuenta que Cindy estaba muy nerviosa, el Rey Águila la tranquilizó y le pidió que tomara un momento para calmarse... y entonces contestó:

- Me llamo ... Cindy ... señor... - respondió aún muy nerviosa

- Mucho gusto, Cindy

- ... y algún día espero ser como usted... - dijo Cindy ilusionada.

Después de tomar un respiro hondo, el Rey contestó:

- No busques ser como nadie más, sólo busca ser LA MEJOR CINDY que puedas ser... y para ello, deberás renunciar a la actual Cindy que eres hoy...

Cindy, algo confundida, escuchaba muy atenta y con los ojos bien abiertos... continuaron platicando hasta que el Rey se fue, casi al atardecer.

Los días posteriores, Cindy seguía practicando volar más alto pero siempre le pasaba lo mismo... seguía viendo al rey surcar los cielos cada vez más alto y ella, por más que lo intentaba, siempre perdía el balance y caía.

Cansada, fue con su madre y le dijo - Madre, ¿porque no puedo volar tan alto como el Rey Águila?

- Hija, él ya te dio su secreto - Dijo su madre amorosamente.

- Sí, me lo dijo, pero ¿cómo puedo renunciar a quien yo soy?

- Bueno, si quieres ser la mejor águila que puedes ser, será mejor que confíes en aquel que sabe más.

Cindy, que era testaruda y orgullosa, no hizo caso del consejo de su madre y siguió haciendo las cosas a su manera: subía y subía y volvía a caer... no lo entendía, era la más rápida, la que volaba más alto de toda su familia, ¿por qué no podía volar tan alto como El Rey?

Un buen día, ya cansada de tantos intentos y tantos golpes... con sus alas lastimadas al igual que su confianza... y cansada también de la burla de sus amigos y algunos familiares por querer volar tan alto como El Rey con esas alas tan cortas, decidió no hacer caso de eso y abandonar sus fallidos intentos por hacerlo a su manera para ir a buscar a su maestro.

Llegando con El Rey, presumió:

- ¡Estoy lista! - con la voz muy decidida y la cabeza erguida.

- ¿Estás segura? - Contestó El Rey con voz amenazante.

- Sí lo estoy - afirmó Cindy hinchando el pecho.

- Ven conmigo - dijo El Rey emprendiendo el vuelo.

Al descender en la cima de la montaña más alta, dijo:

- ¡Harás exactamente lo que yo hice! - la retó - Durante los próximos días, quitarás una a una tus plumas, hasta que no quede ninguna; golpearás con tu pico aquella roca - dijo señalando la roca más grande y dura - hasta que se te caiga a pedazos y rasgarás con tus garras fuertemente hasta que se caiga la última... sólo así renacerá la nueva y poderosa Cindy.

- Pero Rey, si hago eso voy a morir de hambre, voy a morir de frío, otras aves vendrán a devorarme... - dijo Cindy algo asustada y desconcertada por lo que le pedía El Rey.

- Ese es el camino para llegar a donde quieres llegar... - y diciendo eso, se marchó.

Pasó un par de días pensando si realmente lo quería hacer. Ella ya era la más rápida de su familia, era la que mejor comía, la que más alto volaba y más lejos llegaba... para qué hacer tanto esfuerzo, para qué pasar tanto dolor...

Después de pensar, decidió confiar... desprendió una a una sus plumas, picó y rasgó la roca hasta destrozar sus uñas y pico y se resignó a esperar... Pasando hambre, frío y temor por los depredadores, Cindy aprendió a confiar en su poder interior y a vivir cada momento como si fuera el último... entendió que la seguridad no venía de la fortaleza de su cuerpo sino de su confianza propia...

Llegado el momento, Cindy tenía un pico nuevo, más grande y más fuerte; tenía nuevas garras, largas y afiladas y unas poderosas alas con plumas tan brillantes que parecían llenas de magia...

Cuando todo estaba listo, Cindy el águila salió volando hacia las estrellas... y desde ahí, se convirtió en la reina de las águilas: la que más alto ha volado y la que más lejos ha llegado.... hasta que alguien se atreva a llegar más lejos...

Uinic Cervantes

 Padre biológico de 3 y afectivo de otros más. Me encanta pasar tiempo con mis hijas y compartiendo en comunidad con más familias en educación libre. Mis hijas inspiran mis cuentos pero se los dedico a todos los padres e hijos del mundo con la ilusión de inspirar a pasar tiempo de calidad e inventar el mundo juntos... en especial cuando son pequeños.

Sinopsis:

El cuento del *Águila Cindy* lo inventé justo antes de emprender un cambio radical en familia. La intención es inspirar a sobrepasar cualquier cambio, por duro que sea, con el objetivo de ser mejores personas y con la humildad de saber que siempre hay alguien mejor que tú. La rima de *Lalo La Lombriz* solo es para divertirnos con un bello mensaje.

Escribeme: uinic.cervantes@gmail.com

FaceBook: *Uinic Cervantes Coach*

LAS DOCE PRINCESAS BAILARINAS

- Mariana Escobar Ibáñez -

Adaptación del cuento de los Hermanos Grimm

Había una vez un rey que tenía doce hermosas hijas, a las que les encantaba bailar. Su madre, que había muerto unos años antes, había sido una gran bailarina y les había heredado el gusto por el baile. Sin embargo, al rey no le parecía bien que las princesas quisieran bailar todo el día, y pensaba que debían ocuparse de cosas más importantes. El rey trataba en vano de convencerlas de que dejaran de bailar, pero ellas no lo escuchaban. Así que un día, desesperado, el rey habló con las princesas y les prohibió volver a bailar.

Entonces las princesas se pusieron muy tristes. Hasta que una noche, la princesa mayor reunión a todas sus hermanas en su habitación y les dijo:

"Antes de morir, mamá me mostró un lugar mágico y muy hermoso, a donde podemos ir cuando estamos tristes. Vengan conmigo."

Y diciendo esto, abrió una puerta secreta detrás de una cortina. La puerta daba a unas escaleras que bajaban hasta un hermoso jardín encantado. Las doce princesas bajaron por las escaleras y luego atravesaron el jardín hasta llegar a un precioso lago, donde encontraron doce barcas en la orilla. Se subieron a las barcas y éstas comenzaron a moverse lentamente, navegando hacia el centro del lago. Ahí, en una pequeña isla, las princesas vieron un hermoso castillo encantado. Cuando entraron, se dieron cuenta de que en realidad por dentro el castillo era un hermoso salón de baile. Una suave música salía de algún lugar desconocido, miles de pequeñas luces en el techo iluminaban cálidamente el lugar y en las mesas había platos y copas que se llenaban al instante con los manjares y bebidas que cada quien deseara.

Las princesas de inmediato se sintieron ahí como en casa. Felices, algunas comenzaron a bailar y cantar y otras se sentaron a comer, beber y charlar.

La noche pasó rápido y un poco antes del amanecer las princesas regresaron a su habitación en el palacio. La experiencia había sido tan maravillosa que a la noche siguiente decidieron regresar. Y a la siguiente también. Y así, casi todas las noches, las princesas se escapaban a ese lugar maravilloso donde podían bailar, cantar, platicar y soñar juntas. Recuperaron la alegría y las ganas de vivir.

El rey pronto se dio cuenta de que algo extraño sucedía por las noches, ya que por las mañanas las princesas no se querían levantar, pues tenían mucho sueño. Además, sus zapatillas de baile amanecían muy gastadas y con agujeros.

El rey les exigió que le dijeran a dónde iban por las noches, pero ellas se negaron a revelarle su secreto. Entonces el rey, nuevamente desesperado, ofreció una recompensa a quien lograra descifrar el misterio de las princesas bailarinas.

Muchos jóvenes atraídos por la fama y belleza de las princesas acudieron al llamado del rey para intentar descubrir a dónde iban las princesas durante la noche. Los jóvenes eran conducidos a una habitación contigua a la de las princesas, sin embargo, al caer la noche todos se quedaban dormidos y no lograban descubrir nada. Así pasaron varios meses.

Una mañana un joven paseaba por las afueras del palacio cuando sintió hambre, y se sentó bajo la sombra de un árbol a comer. Entonces una anciana se le acercó y le dijo:

"Joven, tengo mucha hambre y no tengo nada qué comer, ¿podrías compartir conmigo un poco de tu comida?"

El joven le dijo que sí y la invitó a sentarse con él bajo la sombra del árbol. Después de comer, beber y platicar un rato, la anciana le dijo:

"Compartiste conmigo tu comida y bebida sin siquiera conocerme. Has sido muy amable conmigo. Eres un buen muchacho. Como muestra de mi agradecimiento te voy a hacer un regalo. Mira, esta es una capa mágica. Cuando te la pongas, te volverás invisible. Ahora ve al palacio y dile al rey que quieres descifrar el misterio de las princesas bailarinas. ¡Ah, por cierto, casi lo olvido, cuando las princesas te ofrezcan una copa de vino, no te lo tomes, pues tiene un somnífero que te hará dormir y no podrás descubrir nada!"

El joven hizo lo que la anciana le había dicho. Se dirigió al palacio y le pidió permiso al rey para intentar descifrar el misterio de las princesas bailarinas. El rey aceptó y ordenó que lo condujeran a la habitación contigua a la de las princesas.

Un poco antes del anochecer, una de las princesas entró a la habitación donde estaba el joven y le ofreció una copa de vino. Pero él, advertido por la anciana, fingió que se lo tomaba, pero discretamente derramó el contenido de la copa en un rincón. Después dijo que tenía sueño y se acostó en la cama, y al cabo de unos minutos se puso a roncar ruidosamente.

Las princesas, creyendo que el joven dormía, abrieron la puerta secreta y bajaron al jardín encantado. El joven, que las espiaba desde la otra habitación, esperó a que todas las princesas salieran por la puerta secreta y rápidamente se puso su capa y fue tras ellas. Al bajar las escaleras sin querer pisó el vestido de la princesa menor, que iba hasta atrás y ella volteó asustada, temiendo que alguien las siguiera, pero no logró ver a nadie. Dos veces más el joven pisó sin querer el borde del vestido de la princesa, pero ella no lograba ver a nadie detrás de ella, aunque tenía la sensación de que alguien las seguía.

Al llegar a la orilla del lago, el joven se subió con una de las princesas a su barca y quedó maravillado al llegar al castillo encantado. Todo lo que veía era asombroso. El lugar, la música, la comida y, sobre todo, la forma en que las princesas se transforman en seres luminosos y alegres.

El joven observaba extasiado a las princesas, sin embargo, pronto se dio cuenta de que no debía estar allí. Se sentía invasor en un lugar sagrado a donde nadie lo había invitado. Sin hacer ruido salió del castillo y regresó en una barca hasta el jardín encantado y luego a su habitación donde se acostó a dormir.

Al día siguiente, cuando el rey le preguntó al joven si había descubierto el misterio de las princesas, él dijo que sí. Las princesas al escucharlo se miraron unas a otras sorprendidas, pues estaba seguras de haberlo encontrado dormido cuando habían regresado a su habitación. Sólo la menor comprendió que había tenido razón al creer que alguien las iba siguiendo.

Entonces el joven le contó al rey cómo las princesas salían por la puerta secreta en las noches e iban a un lugar maravilloso, donde bailaban, cantaban y reían. El joven narró con detalle todo lo que había visto, y cuando terminó, le dijo al rey:

"Anoche, al ver a las princesas florecer en ese lugar mágico, comprendí que es un lugar sagrado para ellas. En ese lugar ellas encuentran la alegría y la fuerza para seguir viviendo a pesar de que usted les haya prohibido hacer lo que más les gusta en la vida: bailar."

El rey preguntó a las princesas si todo eso era verdad. Entonces la hija mayor le dijo que sí, y le contó que había sido su madre quien la había llevado por primera vez a ese lugar encantado. Le explicó que ellas no podían vivir sin bailar y además era algo que las hacía muy felices, y le dijo que les había causado mucho daño al prohibirles bailar.

Las princesas le rogaron a su padre que las dejara seguir bailando, y que también les permitiera seguir yendo a ese lugar encantado cuando ellas quisieran. El rey comprendió que no podía prohibirles algo que para ellas era tan importante y que disfrutaban tanto. Les pidió perdón y a partir de entonces las princesas y siguieron bailando y cantando juntas durante muchos días y noches.

Mariana Escobar Ibáñez

 Nací en Guadalajara, Jalisco, hace 36 años. Soy bióloga y educadora ambiental, y amo las aves y la música. Tengo dos hijas que me piden cuentos todas las noches y a las que les encantan las historias de princesas, así que me divierto inventando para ellas variantes donde las princesas no viven esperando a que un príncipe azul las rescate y donde a ningún rey se le ocurre otorgar la mano de una princesa sin preguntarle a ella primero. No soy escritora pero sueño con que cada vez haya más cuentos que reflejen el mundo que queremos para nuestras hijas.

Sinopsis:

Las doce princesas bailarinas es uno de los cuentos clásicos recogidos por los Hermanos Grimm, acerca de doce princesas que se escapan por las noches para bailar en un castillo encantado con doce apuestos príncipes. En esta versión, las princesas bailarinas no escapan para encontrarse con príncipes encantados sino para hacer lo que más les gusta en la vida y que su padre les había prohibido: bailar. Gracias a un secreto revelado por su madre antes de morir, descubren un lugar maravilloso donde pueden bailar, cantar y reír toda la noche. Donde recuperan la alegría y disfrutan de estar juntas y ser ellas mismas.

A Aramara y Emilia, con amor.

LA TRANSFORMACIÓN DE LOS SOLES

- Colectivo Exhala -

"Titiribí, titiribí"... Este es el canto del mosquero cardenal que tanto le gusta oír a _____ cuando visita a su abuela y le ayuda a arreglar el jardín.

Un buen día, en el jardín de la abuela, mientras cortaba algunas hojas de menta, _____ se encontró con unas flores amarillas que llamaron mucho su atención.

-¡Estas flores necesitan de nuestra ayuda abuela! Se han quedado por fuera de las macetas -exclamó.

-¡Oh!, es un Diente de León, ____. Este tipo de planta crece sola en cuanto caen algunas gotas de lluvia y humedecen el suelo. ____ sentía mucho asombro.

Esas pequeñas flores eran muy bellas, como soles que alumbran el jardín y ellas solas habían llegado ahí sin ayuda de nadie. ____ seguía observándolas atentamente y notó que algo caminaba entre las hojas.

-Pero, ¡qué extraña criatura! es bastante horrible. -dijo con curiosidad. - Abuela, ¿crees que ese animal se esté comiendo las flores?

-Veamos… mmm... es una larva de catarina- afirmó la abuela. En realidad no se alimenta de la planta ni de las flores, más bien le ayuda al comer algunos insectos que podrían ser plaga para las plantas- respondió la abuela-. Cuando crezca se convertirá en un simpático animalito.

El siguiente fin de semana, ____ regresó a la casa de su abuela y con gran emoción corrió a saludar a las flores que parecían soles del jardín. Sin saber que al llegar se encontraría con una gran sorpresa.

– Y, ¡¿dónde están las flores amarillas?! ¡Ahora sólo hay… estos globos extraños!

_____ sentía muchas emociones: asombro, preocupación, enojo y tristeza. Toda la semana había estado dibujando esas flores que tanto le habían gustado y se había emocionado por verlas. Pero ahora ellas se habían ido y no lograba entender lo que había pasado.

_____ llamó a su abuela en busca de ayuda y mientras esperaba sintió un hormigueo en su mano derecha y escuchó una suave voz...

-Hola _____ ¿me recuerdas? Soy yo... la catarina. Hace una semana te asustaste conmigo pero me he transformado, me veo distinta. Lo mismo le ha pasado a los dientes de león ¡ellos se han transformado pero siguen ahí!

-¡Catarinita!, disculpa si te dije que eras horrible hace una semana, ¡ahora te veo hermosa! Entonces... ¿esos globos extraños son las flores transformadas?

-Así es, se han convertido en frutos globosos y su misión es muy importante. Cada uno de los pelillos que integra el globo lleva una semilla, su nombre es "aquenio", según los científicos. Son muchas y, al dispersarse, podrán crecer más dientes de león nuevos. ¡Mira con atención, _____!

En ese momento se sintió una suave ráfaga de viento. El mosquero cardenal que visitaba el jardín extendió sus alas y emprendió vuelo haciendo espirales alrededor del diente de león. Con su aletear, provocó que el viento se hiciera más fuerte y las semillas comenzarán a desprenderse y danzar en el aire. _____ ahora sentía gran emoción al ver todas esas semillas flotantes danzando en el cielo. Era un momento mágico, la transformación que le había causado tanta tristeza, ahora le sorprendía con tanta belleza.

-¡Abuela, ven rápido! ¡Quiero contarte algo que acabo de descubrir! -gritó _____ entusiasmada mientras se preparaba para soplar otro diente de león y contarle a su abuela la historia de la maravillosa transformación de los soles.

Exhala es un Proyecto en San Luis Potosí gestado por varias familias amigas. El objetivo es alentar a los niños y niñas a conocer, respetar y valorar la naturaleza y culturas locales, buscando alternativas que vayan de la mano con el aprendizaje auto dirigido, lúdico, libre y acompañado. Lo integramos Lau Díaz, Irma Zamora, Humberto Díaz, Ricardo Pérez y Eva Almanza.

Sinopsis:

Este cuento fue inspirado en la curiosidad e imaginación de nuestros hijos e hijas, que como todos, están atentos y observando detalladamente lo que ocurre a su alrededor. En este caso, incluso en los lugares tan cotidianos, como lo es nuestro hogar, podemos maravillarnos de todo cuanto existe y que podría pasar desapercibido, para darnos cuenta que somos parte y estamos todo el tiempo con la naturaleza y con los "otros" seres con los que cohabitamos. Hemos dejado espacios en blanco para que en familia seleccionen el nombre del protagonista de la historia.

ATRÉVETE A ESCRIBIR
(invitación)

¡Gracias por llegar hasta aquí!

Si tú también has escrito, o quieres escribir, cuentos para tus hijos (sobrinos, nietos, hermanos, primos, pacientes, clientes, etc.), te invito a que los compartas con el mundo en un acto de amor.

No estamos buscando el Premio Nobel de Literatura, solo queremos "despertar" al artista que llevas dentro e inspirar a otros a pasar tiempo con sus hijos.

Mándame un correo personal y te digo como puedes ser parte de la siguiente edición de esta colección de cuentos:

Uinic.Cervantes@Gmail.com

Nota: Próximamente haremos la colección de CUENTOS ESCRITOS POR NIÑOS…

¿Conoces algún pequeño artista que podamos publicar?

Escríbeme para darte los detalles:

Uinic.Cervantes@Gmail.com

INICIA HOY

Comienza a escribir un cuento, lo que sea, como sea, pero hazlo… si no es hoy, ¿cuándo?

_____
_____
_____
_____
_____
_____
_____
_____
_____
_____
_____
_____
_____
_____
_____
_____
_____
_____
_____
_____
_____
_____

Manufactured by Amazon.ca
Bolton, ON

24176251R00024